H a n s e i h a n s u i

川柳句集

半醒半睡

鏡渕和代

Senryu magazine Collecion No.13

Kagamifuchi Kazuyo SENRYU Collection

新葉館出版

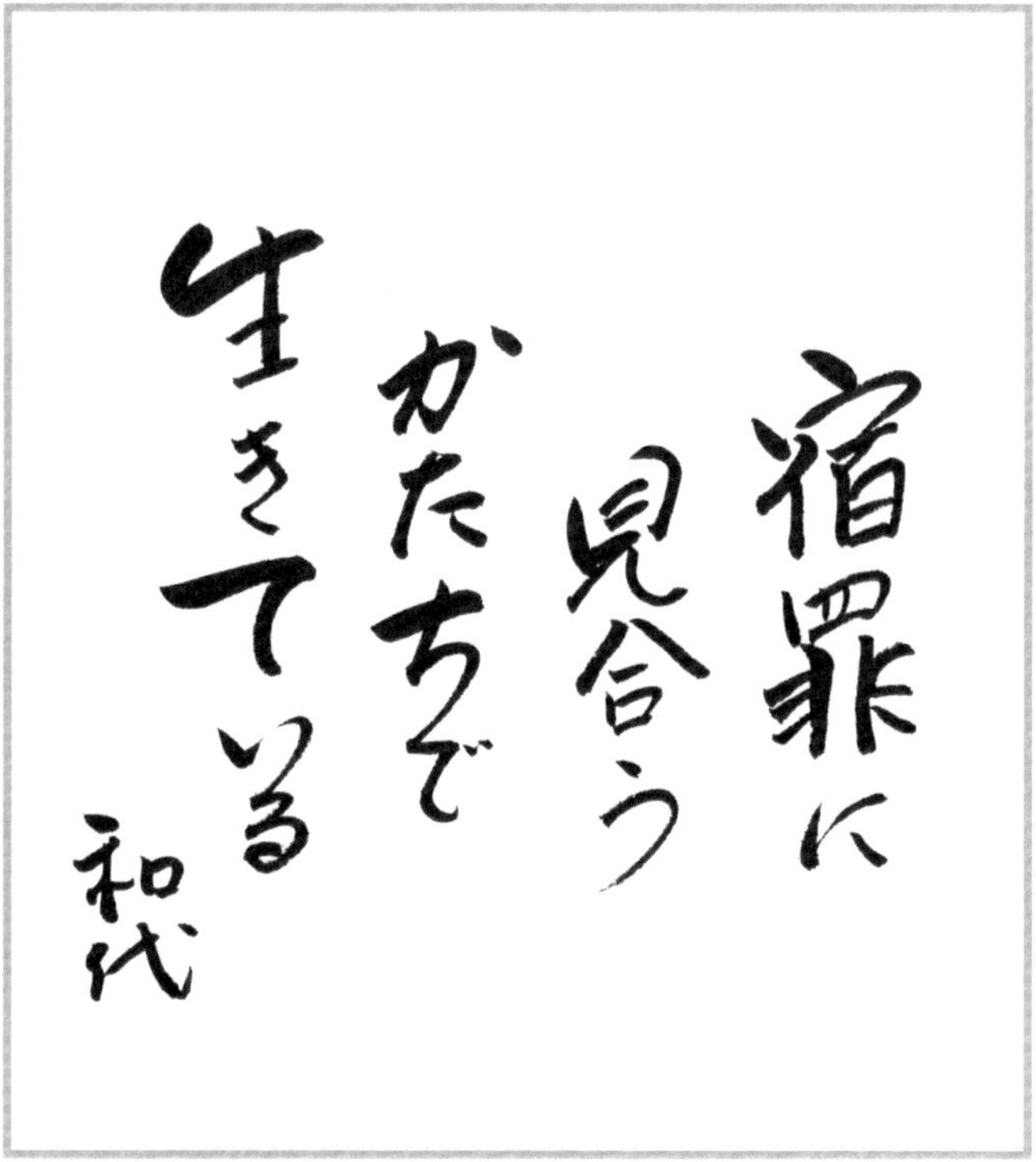

第13回川柳マガジン文学賞大賞受賞作より
書：著者

生きている

（第十三回川柳マガジン文学賞大賞受賞作品）

仕合せでいつもどこかがかったるい

席一つ空けて下さい枯れてます

老朽化・欠陥わたし嫌いな字

さびしさの蔓が内耳に這ってくる

わたくしを呼べよ迷子のアナウンス

芽を出せとそんなに水をかけないで

ごく丸に近い多角を生きたいな

きのうとは違う壊れる音がする

邪魔なんかしないわわたし無香料

宿罪に見合うかたちで生きている

半醒半睡 ■ もくじ

第十三回川柳マガジン文学賞
大賞受賞作品

半醒半睡

復元の途中

天女にもある羽衣を脱ぐ油断
淋しくて人は見えない糸を張る
空耳か神がわたしの名を呼んだ

慰撫されて分銅一つ胸に足す

純白は独りよがりに違いない

落葉には馴染む落葉の吹き溜り

銀世界みんな無罪にしてしまう

うつくしく鳴くから籠に入れられる

百花繚乱無心でなんていられない

人生の雨期のあたりで根が育ち
束縛はいやと散らばる心の字
沈黙で探すことばはみな寒い

菜の花の拍手でわたし蝶になる

付和雷同花にもあってわっと咲く

一生を無題で生きる草の花

たましいを遊ばせている日向ぼこ

冬天の青を切り取り遺書とする

春がくる昔ばなしはもうしない

少し毒あるから美しい桜
雨垂れの音が子宮に還らせる
本当の詩人だ何も書いてない

死の淵を見せて貰った花吹雪
いちまいの枯葉誇りも悔いもある
また水に流して墓標一つ足す

泣けば泣く笑えば笑う野の仏

ひろげれば青空青い傘が好き

空き缶を蹴って無念を片付ける

ピリオドをカンマにかえた春の風
お日様が好きで涙がすぐ乾く
死は生の延長雲があそんでる

千手では足らぬ濁世の観世音
忍耐を子という神に試される
独りとはこれか重なる音がない

人生の達人今日を使い切る

頂上にうつくしい木は育たない

悔悟の日アンモナイトになっている

満月も一夜あしたは欠けてくる
かさぶたのいまもどこかに噴火口
満場一致もう常温が保てない

咲き急ぐ花に悲鳴に似た震え
末席の椅子です人を選ばない
祈らない祈ればきっと長くなる

叱られているのにあったかい涙

言い分のある空き缶が転げだす

天職の胼胝です神が宿ってる

即答のないふるさとの山が好き

改心の涙は乾くのが早い

乾杯にみんな味方の顔になる

まだ青い部分が無欲にはさせず
ヨーイドン捨て身が一人いる怖さ
陽性の顔になるまで化粧する

ほんとうを教えてくれてから疎遠

ノーヒントだから人生面白い

梅干の顔で真ん中辺にいる

揣摩憶測悪意の聞こえすぎる耳
北風が立ちこの世からはぐれそう
分裂の音を皮膚感覚で聴く

最後にはきっと笑える遠回り
黙祷で蝉の国へと迷い込む
ホモサピエンス何にでも名をつけたがる

観念を促すように月が満ち
欠けてゆく月が何だか気楽そう
三日月もわたしも復元の途中

花は咲く明日の天気がどうであれ
同じ陽を浴びて早生の芽晩生の芽
叩かねばならぬ橋なら渡らない

学説はどうあれ花は蝶を呼ぶ

生きるとは厄介昼をすぎて雨

葬送はさくらひとひら舞えばいい

猫の欠伸

一匹で鳴くと淋しい蝉の声

ひらがなで諭すことばは笛になる

花はみな喋らないから美しい

色むらのあたり浮かれた跡がある
罪いくつ混ぜただろうか焼却炉
吐き出せば楽か鵜飼の鵜のように

むきだしの心はお陽様の匂い
時効まで湖底の石でいるつもり
生々流転もののはじめの春がくる

仏から仏へ蝶も遍路する

わたくしの懺悔のような俄雨

待って下さい笑顔がうまくつくれない

殺意抱くほどの恋にも恵まれず

澄むまではまだもう少し歩まねば

頂上で裾の広さに掌を合わす

大笑いしたらポロリと棘が落ち

薔薇ひらく速度で漏れていく秘密

人間をよく見るために目を閉じる

ぞんざいに生きた昨日が今日を責め
知ることの怖さ知らされない怖さ
今日は雨頑張らなくていいのです

樹木葬いいなと思う鳥が鳴く
スキップで行くねと春からのメール
長旅を鳥は一つの荷も持たぬ

身に余るものはこぼして芋の露

アナログのわたしの声がとどかない

青天白日みんな善意と受けとめる

生きてきた二万余日に傷いくつ

砂を吐くためにときどき輪を抜ける

一人去り二人三人去り霖雨

石ころが仏に見える無欲の日
ほめられてからの自分が見えにくい
終身刑みたい夫に愛されて

草芽吹く踏みつけられたところから

抽斗を開けるとひっかかる昭和

きのうより一日老いた手がこぼす

キリギリスだけ生き残る新寓話

一世など猫の欠伸のようなもの

わたしまだこの世の隅で咲いている

約束が猫撫で声で破られる
泣きにきた海に最大級の月
人の幸祈れて眠り深くする

生涯を生簀の魚で飢えはない

人生の冬のあたりが澄んでいる

奈落への穴かも知れぬ落椿

願掛けをしてから神が怖くなり
隠さずに話して恋に遠くなる
劣化する放置自転車とわたくし

野仏の雪の衣を脱がす梅

足らぬのは愛とビタミン春うらら

忘却がこころの棘をまるくする

悪意ない人だ悪意に気づかない

蝶々が造花にとまってからの修羅

少しずつ捨てていつかは鳥になる

草の実は根を張る土を選ばない
真ん中におかれて退化する個性
わたくしに踏みとどまった足がある

人生も化ける修業もまだ半ば
口裏を合わせた息がまだ熱い
プライドはガラス細工でできている

累積の時間に怖気づく振子

退席をするほどわたし強くない

偶然を与えた神に罪がある

澄みきった空で使えぬ姑息な手
平穏が好きで愛想をもちあるく
知らなかったそれだけのこと葱刻む

ことより慰められた雨の音
全盛期過ぎたか怪我をしなくなる
削られて母のかたちになっていく

らんらんらん

川の字に寝てこのゆるぎない大河

欠けること知る月だから威張らない

言い過ぎぬように遠くを眺めてる

わたしいま切り落とされたパンの耳
目隠しをされたその手と暮らしてる
頷いたときからうまく笑えない

見てごらん月にも下り坂がある
以上でも以下でもないと昼の月
こころゆくまで月光の的になる

純白の花びらにある自傷癖

ゆりかごのリズムで策にのせられる

孤独死に孤立死どこがいけないの

日溜りでときどき老いと戯れる

ファインプレー敵も味方もない拍手

たっぷりと無冠の菊も水もらう

憶測という厄介が人にある

大の字に九尺二間に住む平和

イソップの蟻も七割遊んでる

にんげんに魔性の育つさくらどき
少しずつ死んで死にきるまでわたし
躓いた石それぞれに恩がある

わが家には過ぎた初日で年が明け

家系図のいまを支えてきた乳房

太陽も月も持ち場をわきまえる

うっすらと影が淋しいキリギリス
凋落を輪廻と月が欠けはじめ
人生は舞台奈落も袖もある

大言壮語支点のずれに気づかない

頑張ると立体化する平面図

回り道あらたな未知がそこにある

花が咲きそうな嘘です水をやる

指きりの呪縛で小指育たない

人生のいま放課後という時間

アナログの人にもあった全盛期
春が来て無縁墓にも花が咲く
夢のあと哀惜すこし淡くなる

匿名に重ねてみたい顔がある
住所・氏名・年齢・電話もうはだか
らんらんらんらん言えぬ行先だってある

喝采を浴びたばかりに出る埃

笑うにはいろんなことを知りすぎた

足跡を見ると失踪したくなる

大切な呼びかけだった子の無言

どん底で得た親切は拝まれる

ときとして悪事は人をかがやかす

笑顔にも硬さの残る二等賞

癆痎が読めて昭和も遠くなる

翳られた脛にもあった幾山河

猫ならばわたしとっくに化けている

プライドを透かすと万の掠り傷

退院日千羽の鶴を野に放つ

粒揃いばかりで事が運ばない

アクセルを全開春が見えてきた

てのひらが痒い水面下の握手

半音を知って大人の恋になる

敵ながらあっぱれ引き際が綺麗

負け犬に菩薩のような月が出る

依怙贔屓ほどの悪さは神もする

立場という場を人間はもちあるく

八つ裂きもあろうわたしの死後ならば

見守ろうやがて大樹となる新芽
受話器から心のずれを聞いている
失ったこのやすらぎは何だろう

とじ蓋でいいとおもったのは昨日

妥協癖癖という字は病垂

笑えなくなってピエロは人となる

方便という神様のお目こぼし

息災に勝るものなし千代の春

日々富士は世界遺産の顔となる

余白の美

日の丸に星の一つが足されそう

月仰ぐ残留孤児に国ふたつ

選別機甲乙丙に分けたがる

玉砂利を踏む公式と非公式

八月の雨は記憶を連れてくる

減反の荒野一揆の声がする

皿いくつ割っただろうか子が育つ

人生の落度のような通過駅

屈辱が黒衣をまとい蹲る

サプライズそんな予感の途中下車
有り難い耳だときどき聞こえない
愛情というやわらかい檻がある

もう風のままにはならぬ枯尾花

欠けてゆく月がわたしの性にあい

耳打ちにわたし紋白蝶となる

うっかりと本音の漏れた急カーブ

ムシャクシャとある少年の供述書

幸せに見せる程度の芸はある

肩書がとれて悟った余白の美

さくら散り樹は来年の顔をする

行雲流水失くしたものは数えない

改心にすこし足りない紙吹雪

臓器にもタグのつく日が遠くない

あったかな助言身ぬちに谺する

地獄絵図わたしの位置はどのあたり

少子化の子が公式を変えさせる

イントロだった耳元の熱い息

わたくしにだんだん寄ってくる日陰
人生を説いておのれの底が知れ
息遣いそばにあるから頑張れる

平成の世に匿名という鎧
神様はまぐれ当りも用意する
花吹雪この世に長居したみたい

許すとは難儀許さぬのも難儀
生きろとも死ねとも雪が降りつもる
花の夜の遊びに鬼が足りません

集合写真みんな淋しいからピース

消しゴムが忸怩のあとを追ってくる

目的地すぎても旅が終らない

頑張らない宣言をして日向ぼこ

老木は花の数など競わない

花吹雪足して未来図描きあげる

胸の字に凶という字のある怖さ

尾を振らぬ猫を余生の範とする

あんなことぐらいで威張らないわたし

憂さはれて爪の先から生き返る

春爛漫気力に勝る杖はない

透明度落ちて大人の仲間入り

喝采が試練の風を連れてくる
母さんの笑顔は必須アミノ酸
いさぎよく散って桜は自浄する

春風にもらった二本目の添え木

親が逝き子が逝き櫛の歯もこぼれ

アナログは春の息吹を聴きわける

居るだけで日溜りとなるお人柄
ゆっくりと話そう棘が刺さるから
枯れてゆく葦平熱が低くなる

八月の死者の声とも蟬時雨

八日目の蟬です独りでも鳴ける

神様のご意志だろうか薔薇に棘

強靭を雑種に授く神の愛
秋が来て返すことばの間が長い
半醒半睡独りあそびの詩を留めて

あとがき

作句信条と言えるほどのものは持たずにきてしまった私にとって、第十一回、第十二回の準賞につづき、この度の大賞は本当に思いがけない喜び、嬉しいことでございました。お取り上げいただきました諸先生方には感謝の気持でいっぱいでございます。

川柳はどの分野にもまして「人間」のちからが作品の底流にあると考えています。自らの歩んで来た日々の暮らしから心に留まる情景、心象を掬いあげることで、私はわたくしなりの川柳としています。川柳を学び一番変化したことは、自然の機微、ことばの機微を今までより敏感に感じ取れるようになったことです。自分の詠んだ句が、自分の一部となるような安堵感を感覚として味わっています。

実作を通して思うことは、季節の移ろいの美しさ、日本語の豊かさ、表現する難しさです。また、心情と描いた情景との距離感、

省略等々力不足を棚に上げ、それなりに思い煩い苦心していま
す。
作品は全て入選作、または活字になったもので、大賞作品に合
わせ社会性の濃いものは除外しました。
半醒半睡独りあそびの詩を留めて
ゆらゆらとマイペースで、十七音を旅の同伴者として関って
楽しんでいきたいと思います。
出版の栄誉をくださいました新葉館出版、そしてスタッフの
皆様に心よりお礼を申し上げます。編集部の竹田麻衣子様にも
大変お世話になりました。併せてお礼申し上げます。
川柳を通し、貴重な出会い、経験をたくさん得ることが出来ま
した。すべてが私の大きな財産でございます。
改めて皆様に感謝申し上げます。

二〇一七年六月

鏡渕和代

●Profile

鏡渕和代 （かがみふち・かずよ）

2002年、時実新子氏の「新子サロン」への投句を機に川柳らしきことをはじめる。

第11回、第12回川柳マガジン文学賞準賞受賞。

神奈川県出身。無所属。

半醒半睡

川柳マガジンコレクション 13

○

平成29年10月28日　初版発行

著　者

鏡　渕　和　代

発行人

松　岡　恭　子

発行所

新　葉　館　出　版

大阪市東成区玉津1丁目9－16 4F 〒537－0023

TEL06－4259－3777 FAX06－4259－3888

http://shinyokan.jp/

○

定価はカバーに表示してあります。

ISBN978-4-86044-630-7